Aubergine
Ce n'est pas drôle la garderie !

Roselyne Cazazian

Hurtubise

Catalogage avant publication de Bibliothèque et Archives nationales du Québec et Bibliothèque et Archives Canada

Cazazian, Roselyne

Aubergine : ce n'est pas drôle la garderie!

Pour enfants de 3 ans et plus.

ISBN 978-2-89647-252-9

I. Titre.

PS8605.A98A922 2010   jC843'.6   C2010-941004-1
PS9605.A98A922 2010

Les Éditions Hurtubise bénéficient du soutien financier des institutions suivantes pour leurs activités d'édition:

– Conseil des Arts du Canada;
– Gouvernement du Canada par l'entremise du Programme d'aide au développement de l'industrie de l'édition (PADIÉ);
– Société de développement des entreprises culturelles du Québec (SODEC);
– Gouvernement du Québec par l'entremise du programme de crédit d'impôt pour l'édition de livres.

Illustrations: Roselyne Cazazian
Éditrice jeunesse: Sonia Fontaine
Graphisme et mise en page: René St-Amand

Copyright © 2010, Éditions Hurtubise inc.

ISBN 978-2-89647-252-9

Dépôt légal: 3ᵉ trimestre 2010
Bibliothèque et Archives nationales du Québec
Bibliothèque et Archives du Canada

Diffusion-distribution au Canada:
Distribution HMH
1815, avenue De Lorimier
Montréal (Québec) H2K 3W6
Téléphone: 514 523-1523
Télécopieur: 514 523-9969
www.distributionhmh.com

Diffusion-distribution en Europe:
Librairie du Québec/DNM
30, rue Gay-Lussac
75005 Paris France
www.librairieduquebec.fr

Imprimé à Singapour

www.editionshurtubise.com

À la mémoire de ma chère tantie, Renée Alkalay Shama.
Merci pour ton sens de l'humour, ton amour et ta générosité.

Un dimanche après-midi, Aubergine joue au salon avec son cousin Jojo. Mamou et tantie Néné dégustent un café tout en discutant.

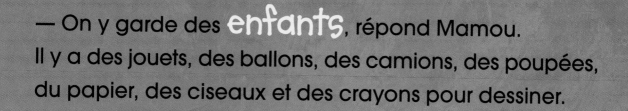

— On y garde des **enfants**, répond Mamou.
Il y a des jouets, des ballons, des camions, des poupées,
du papier, des ciseaux et des crayons pour dessiner.

Il y a aussi des **collations**
pour aider à la concentration
et des lits où les petits
citrons sans zeste
font la sieste !

Aubergine réfléchit et déclare :

Moi, je ne veux pas y aller ! Je n'ai pas besoin d'être gardée ! Ici, j'ai tout ce qu'il me faut : mes **jouets**, mes **poupées**, mes **papiers** pour dessiner…

— Aubergine, tu dois y aller.
J'ai un **roman** à écrire,
tu le sais bien. J'ai besoin
d'un peu de silence le matin !

— Toi aussi, tu dois y aller, Jojo ;
je recommence à travailler,
dit tantie Néné.

— C'est une grande chance, vous serez ensemble
et vous allez vous faire plein d'amis ! dit Mamou.

L'idée de se faire de nouveaux amis plaît beaucoup
à Jojo, tandis qu'Aubergine a peur
de s'ennuyer de Tatou et de Perdido.

Le lendemain matin, Mamou aide Aubergine à s'habiller.

JE NE VEUX PAAAAS Y ALLER !

La garderie est très colorée. Il y a
plein de jouets et d'enfants surexcités.

Madame Nguyen parle beaucoup, beaucoup,
mais Aubergine ne comprend rien du tout !

Madame Nguyen fait signe à Jojo et à Aubergine de s'approcher. Soudain, elle fait sonner une petite cloche dorée. Les enfants cessent de jouer et s'assoient devant elle.

D'un coup,
les enfants s'écrient :

BONNNNNN
BONNNN
BONNN

Madame Nguyen invite Aubergine et Jojo
à prendre place. Elle a dans ses mains
un grand livre avec de jolis dessins.

Elle lit un **album**, mais Jojo et Aubergine
ne comprennent rien, même s'ils connaissent
déjà l'histoire du Petit Chaperon **rouge**.

Et voilà qu'**enfin** le conte est terminé. Madame Nguyen ferme le livre. Elle sort la petite cloche dorée de sa poche et annonce d'un ton autoritaire :

Les enfants **bondissent** et courent vers des étagères multicolores remplies de jouets. En un clin d'œil, elles se vident.

Sur les étagères, il ne reste plus qu'un camion rouillé et une vieille poupée sans bras, sans robe, sans souliers.

OOOOUUAAAH!

Toutes les belles poupées sont parties.
Ce n'est pas drôle, la garderie!
Je veux rentrer à la maison!

Une petite fille aux yeux verts et aux couettes rousses s'approche en tendant une poupée à Aubergine. Une belle poupée avec deux bras et deux jambes, vêtue d'une robe fleurie et de souliers vernis.

À travers ses larmes, Aubergine répond :

D'accord, on peut jouer ensemble, mais je garde ma pauvre poupée brisée. Elle aussi a besoin d'être aimée. Elle s'appelle Mocheté !

Snif

Les deux fillettes éclatent de rire et Aubergine oublie
ses soucis. Tout va mieux quand on peut rire et partager
avec une amie!

Les enfants jouent dans la cour quand Mamou vient les chercher à la fin de la matinée. Aubergine et Jojo se précipitent vers elle.

Tantie ! C'est bien, la garderie ! On s'est amusés, même si on n'a rien compris et même si on a eu que des jouets brisés et laids !